# उसका तो कोई गाँव होगा ही नहीं

[कविता-संग्रह]

# उसका तो कोई गाँव होगा ही नहीं

मनोज कुमार शर्मा

राधाकृष्ण
नयी दिल्ली पटना इलाहाबाद

ISBN : 978-81-8361-312-5

**उसका तो कोई गाँव होगा ही नहीं**
© मनोज कुमार शर्मा

**पहला संस्करण :** 2009
**पहली आवृत्ति :** 2012

**मूल्य :** ₹ 150

**प्रकाशक**
राधाकृष्ण प्रकाशन प्राइवेट लिमिटेड
7/31, अंसारी रोड, दरियागंज, नई दिल्ली-110 002

**शाखाएँ :** अशोक राजपथ, साइंस कॉलेज के सामने, पटना-800 006
पहली मंजिल, दरबारी बिल्डिंग, महात्मा गांधी मार्ग, इलाहाबाद-211 001

वेबसाइट : www.radhakrishanprakashan.com
ई-मेल : info@radhakrishanprakashan.com

**आवरण** : राधाकृष्ण स्टूडियो

**मुद्रक**
बी.के. ऑफसेट
नवीन शाहदरा, दिल्ली-110 032

USKA TO KOI GAON HOGA HI NAHI
*Poems by* Manoj Kumar Sharma

*मनीषी, शास्त्रज्ञ, ज्योतिषाचार्य*

*दादासा*

*स्व. पंडित नन्दकुमार जी शास्त्री*

*को समर्पित*

# मेरी बात

अत्यन्त हर्षित हूँ अपने दूसरे कविता संग्रह का आपसे साक्षात्कार कराने का सोचकर ही, कि आपने हाथोंहाथ लिया प्रथम संग्रह 'क्या-क्या टूट गया भीतर' को। भाव विह्वल हूँ आपके स्नेह से कि अभी भी शेष है स्पन्दन!

बात प्रारम्भ करते हैं अनुभूति से। यह अनुभूति ही तो है जो शब्दों को माध्यम बनाते हुए प्रेरित कर रही है आपसे संवाद स्थापित करने को। अनुभूति के कई तो माध्यम। जो मनीषियों ने कहे, जो ज्ञानेन्द्रियों से ज्ञात हुए, जैसे रूप की अनुभूति, रंगों का ज्ञान, प्रकृति के रंग, हरीतिमा लिये हर्षित करते हुए रंग। मुखमुद्रा पर एक रंग का जाना, एक रंग का आना। परिस्थितिजन्य रंगों का उड़ना भी। बात करें दूसरे माध्यम की, रस अनुभूति—जो ज्ञात होती है जिह्वा से। मेरे माली ने बताया 'जमीन में सात स्वाद, जो बीज डालो वैसा स्वाद', आश्चर्यजनक। स्वाद गुप्त रूप से रहता है बीज में। कैसा भी पोषण हो, जैसा बीज वैसा फल। धतूरा बोएँ तो धतूरा, केसर बोएँ तो केसर। अनुभूति का एक और माध्यम—शब्द। शब्द जो कभी नष्ट ही नहीं होते। शब्द जो अनिष्ट को भी आमंत्रित कर दे। शब्द जो शहद भी। शब्द जो प्रमाण भी। अब लेते हैं स्पर्श को, स्पर्श, अप्रिय स्पर्श, घृणा की पोटली। प्रिय स्पर्श, प्रेम का लहराता सागर। अनुभूति का अन्य माध्यम—गंध, सूँघना हालाँकि मनुष्य को न्यून प्रदान किया है उसने। पर फिर भी सड़ाँध और खुशबू में अन्तर करने की सामर्थ्य तो है ही।

तो पाँचों ज्ञानेन्द्रियों की उपरोक्त अनुभूति को, जितना हमें मिला है प्रकृति से, क्या अनुभव कर पा रहे हैं हम? नहीं, एक शब्द में कहता हूँ—नहीं! वे रंग जो उसने भरे पृथ्वी पर, किस प्रकार से बदरंग कर सकें इसी उपाय में लगे हैं। सभी गंध फूलों की, प्रथम गंध मानव शिशु की, प्रेम की चिर आनन्द देनेवाली गंध को छोड़, बारूद की गंध, विनाश की गंध, कलेजे पर हाथ रखें, क्या हम विनाश की गंध सूँघ हर्षित नहीं हो रहे? सद्यःस्नाता के कोमल अधरों का रस, अबोध शिशुओं के तुतलाते शब्दों का रस, मनीषियों के ज्ञान का रस क्या हमारी अनुभूति को समृद्ध कर रहा है? नहीं, कदापि नहीं, वरन् रस मात्र कड़वाहट का, विद्वेष का रस, घृणा का रस, निर्दोष मानव कारकस की हड्डियों के सूप का रस, फिर अट्टहास स्पर्श को तो जैसे लकवा ही मार गया है। हम तो स्वयं के सिवा किसी की उपस्थिति ही बरदाश्त नहीं कर पा रहे। जब धरा ही मानवविहीन, वृक्षविहीन, जलविहीन, ऊर्जाविहीन हो जाएगी तो किस पर शासन करेंगे—क्या सहस्रों योजन में फैले रेतकणों पर, अपने निर्जलीकृत रेडियेशन से आभूषित क्षण-क्षण क्षय होती अरबों कोशिकाओं वाले इस प्राणवायु रहित मस्तिष्क वाले शरीर के साथ? शब्दों को अस्त्र ही बना लिया है हमने अपनी लिप्साओं की पूर्ति का। शब्द नष्ट नहीं होते, इसीलिए तो इन्हें अभेद्य अस्त्र मान विभिन्न भाषाओं का आविष्कार कर शासन करने का औजार बना कई प्रकार के वाद विकसित कर लिये। कहने का तात्पर्य है कि अनुभूति के रूप में प्रकृति के दिए इस अनुपम उपहार को किस प्रकार वरदान से अभिशाप बनाने को उद्यत हो रहे हैं हम?

क्यों नहीं हम प्रकृति की हरीतिमा को दृष्टि की समृद्धि मानें? उसकी सुनें जो बता रहा है वसुधैव कुटुम्बकम् की बातें। क्यों नहीं हमारी घ्राण-शक्ति बारूद की गंध को तुलसी और चन्दन की गंध का दास बना ले? क्यों नहीं हमें स्वाद रास आ जाए हमारी वसुधा से उपजे कणों का, स्पर्श बन्दूकों का शूलों से भरा लगे, नवशिशु के स्पर्श से साधुवाद दें हम ममतामयी प्रकृति को?

एक विचार और, जो आपसे बाँट लूँगा तो हल्का-सा करार आ जाए। यह क्या हो गया है पिछले साठ वर्षों में, परिवार के सदस्यों में संवादहीनता व्याप्त हो गई है—दौड़ते-भागते सिर, कभी सिरविहीन

शरीर? मरती हुई संवेदनाएँ, संवेदनाओं के शव जो गिद्धों को भी अप्रिय हो चुके लगते हैं, और यदि हम इस पर गर्वित हों तो यह पराभव ही है।

परन्तु, निराशा और हताशा, ना, मेरी तो ये चिरशत्रु हैं, इसीलिए पुनः उद्बोधन है कि आनन्द की सृष्टि करें, संवेदना के शवों के अधरों में प्राणवायु का संचार कर जीवित करें इसे, स्मित हास्य को संवेदनाओं के साथ पोषित करें। वृहद सोचें, वृहद करें। क्योंकि हम सभी हैं उस सर्वोच्च प्रकाश बिन्दु परमात्मा की अनुपम कृति! तो आइए जोर लगाएँ, प्रण करें—तमस को परे ढकेल, सत्व को उजागर करने का।

इस संस्करण में स्वान्तः सुखाय की धारणा को पुनः मेरी अर्द्धांगिनी श्रीमती सीमा शर्मा ने झुठला दिया और प्रेरित किया दूसरा कविता संग्रह पल्लवित करने को, क्योंकि उनका मानना है कि उनके साथ, सभी का अधिकार बनता है, इस पुस्तक रूपी नवशिशु की किलकारियाँ सुनने का और उसकी चीत्कार भी, जब उसे भृत्य के हवाले छोड़, परिवार वाले चले जाएँ फिल्म देखने को।

आभार है मेरी माता विदुषी श्रीमती गीता की प्रेरणा का कि निर्भीक हो के बोलो जो अनुभव करते हो! पिता श्री वशिष्ठ कुमार शर्मा जो नाम के ही नहीं वरन् कर्म से भी ज्ञाता मुनि वशिष्ठ स्वरूप हैं, के ही शब्दों को मेरी लेखनी ने उत्कीर्ण किया है।

भोले भाई अरुण, गंभीर हास्य की पुरोधा बहन सुलोचना, चपल अर्चना बहन, ब्रह्म प्रकाश जी, चितेरे हरशिवजी, संवेदनाओं के लहराते खेत-मामासा राधेश्याम जी, काकासा ओमप्रकाश जी, हिन्दी जिनके श्वासों का आधार है काकीसा श्रीमती मनोहर, विद्या जी, मित्र राधे, सन्तोष जी, बेटे पार्थ, पृथु, जो हिन्दी के प्रति अत्यन्त अनुरागी, का उल्लेख इस कविता गुच्छ के आगमन के लिए करना अनिवार्य इसीलिए है कि यदि ये न आग्रह करते तो मैं अवश्य ही सीमित हो जाता अपने प्रशासनिक दायरों में।

आभार है श्री तारा प्रकाश जी जोशी, श्री वीर सक्सेना जी का, श्री कन्हैया लाल जी नन्दन, श्री विजयदान देथा, श्रीमती अजित गुप्ता, श्री बलवीर सिंह करुण, पद्मजा जी, इन्दु शेखर का जिन्होंने

प्रेरित किया कि कहो तो, कहो ना, जो कहना है। श्री कृष्ण मुरारी के परिश्रम का भी धन्यवाद है।

श्री अशोक जी महेश्वरी का पुनः हार्दिक आभार कि मुझे एक बार फिर विश्वास कर अवसर दिया, आपसे संवाद करने का।

सभी सुहृद पाठकों को मेरा प्रणाम!

**–मनोज कुमार शर्मा**

# अनुक्रम

# उसका तो कोई गाँव होगा ही नहीं

# लौ

वृक्ष से झड़ने को तैयार
पीले पड़े पत्ते ने
नई कोंपल को कहा
अच्छा चलता हूँ,
खूब फलना फूलना,
हरा भरा रखना वृक्ष को

डबडबाई आँखों से कोंपल ने
पीले पड़े पत्ते से गुहार की,
दादा! न जाओ हमें छोड़कर

न जाऊँगा तो मिट्टी के साथ
मिल कर तुम्हारा पोषण कैसे करूँगा
तुममें रहूँगा न
जीवित, हमेशा

और
वायु का हाथ थाम
पीला पत्ता झड़ गया
कोंपल की पलक से एक आँसू
उसके गाल तक ढलका और सूख गया।

# बचो भाई का ताँगा

बचपन में ताँगा सदैव ही आकर्षित करता रहा
ताँगे वाला साजिद हमें बिठा,
एक लम्बी सी डंडी को पहियों के साथ अड़ाता
उसकी कट कट कट की ध्वनि, अहा!
उस समय हॉर्न नहीं होते थे

ताँगे वाला बोलता—बचो भाई, बचो भाई
और जोर से बोलता—बचो भाई
लोग एक तरफ हो जाते
हम तालियाँ बजाते
समय बीता
ताँगे रहे नहीं, घोड़े भी नहीं और साजिद और उनके जैसे भी नहीं

पर मुझे लगता है आज भी हम सभी
बचो भाई के ताँगे में बैठे हैं
और ताँगे के पहिये पर डंडी लगा,
चिल्ला रहे हैं—बचो भाई, बचो भाई
क्योंकि सभी को अब
व्यवस्था की क्रूरता से बचना ही होगा,
क्यों व्यर्थ बलिदान दे दें अपना,
इसीलिए मेरे साथ समवेत स्वरों में बोलो—
'बचो भाई', 'बचो भाई'।

# उसका तो कोई गाँव होगा ही नहीं

मेरे बेटे ने कहा कि
दरवाजे पर दो लोग आए हैं
कहते हैं कि आपके गाँव से हैं
मैं दरवाजे तक आया
तब तक मेरी माँ
उन्हें चाय पिलवा चुकी थी

माँ ने बताया कि ये गाँव में पड़ोसी थे
मैंने धुँधली यादों का चश्मा
बनियान से साफ किया
अरे! ये तो चौधरी काका के बद्री और शंकर हैं
मैं तपाक से मिला
बद्री बोला–
अब के फसल अच्छी नहीं हुई
बैंक वाले घर कुड़क कर रहे हैं 'लोन' की एवज में
मदद करो!
मैंने कहा सुबह दस बजे आ जाना
बैंक साथ चलेंगे, कोशिश करेंगे।
एक बन्धन अचानक गाँव से जुड़ गया

आँखों में घूम गया गाँव

जब मेरे बचपन में किसी भी परिवार की
लड़की की बारात आने से पहले
बारातियों के सोने के लिए
घर-घर से पलँग इकट्ठा करने की जिम्मेदारी
होती थी मेरी टोली की
जब रसोई का चौका लीपने के लिए
गाय के पीछे खड़ा रहता था मैं
कि शुद्ध गर्म भाप उठाता गोबर
मेरी हथेलियों पर ही गिरे

जब किसी के भी घर में साँप निकल आने पर
मेरे नानासा
एक छड़ी में अँगूठी और डोरी का फन्दा बना
पकड़ लेते थे साँप को
और हम कई बच्चे तालियाँ बजाते
साँप को जीवित ही
गाँव के बाहर किसी बांबी के पास छोड़ आते थे
एक बन्धन अचानक गाँव से जुड़ गया

मैंने मेरे बेटे की ओर देखा
वह भावहीन ताकने लगा मेरी ओर
उसे समझ ही नहीं आया
कि क्यों पलक की कोर भीग गई
उसके शहरी बाप की,
क्यों कि उसका तो
कभी कोई गाँव होगा ही नहीं।

# अपराधबोध

अपराधबोध,
बहुत बुरा होता है
भुतहा सपनों से भी बुरा

स्वयं को निरपराधी घोषित
करने की कोशिशों के थोथले बेदम तर्कों के साथ
स्वयं को स्थापित करने के उद्घोष के साथ
बहुत बुरा होता है यह
अपराधबोध

दुखदायी अत्यन्त दुखदायी
कि उन सारे प्रयत्नों की बारात बुला लूँ
जो हर गुणावगुण में गायन करें मेरा
कि मैं निरपराधी हूँ
बहुत बुरा होता है यह अपराधबोध

न समर्पण का साहस
न स्वीकारोक्ति का जज़्बा
प्रयत्न होता है कि समय
बिना नुकसान पहुँचाए निकल जाए चुपचाप
पर

चुप्पी का ध्वनिप्रदूषण
घोर यन्त्रणादायक।

अपराध किया है
तो इस शोर मचाने वाली
ख़ामोशी के गलियारे से गुजरना ही होगा।
अवश्यमेव!

# घड़ी की सुइयाँ

समय की घड़ी की सुइयाँ,
मुझे बहुत सम्मोहित करतीं,
ललचातीं

मैंने समय से प्रार्थना की, कि
उधार दे दो ना,
तुम्हारी घड़ी की सुइयाँ,
समय का लाड़ला था मैं उस समय,
परन्तु फिर भी समय ने कहा,
उधार तो दे दूँगा पर
क्या तुम इनके बदले
अपना यौवन मेरे पास गिरवी रखोगे?
मुझे किसी भी मूल्य पर
चाहिए थीं ये सुइयाँ,
मैं अत्यन्त उल्लसित

मेरे यौवन को अपने पास गिरवी रख
समय ने अपनी घड़ी की सुइयाँ
दे दीं मुझे उधार,
मैं सुइयों के साथ खेलता
उन्हें कभी आगे करता,

कभी पीछे करता
अत्यन्त आनन्दित,
धन-धान्य से समृद्ध होता चला गया

पर जब समय की घड़ी की सुइयाँ
चुभने लगीं
और याद आने लगी यौवन की
तो मैं सगर्वित
दस हाथियों और बीस अश्वों पर
ढेर सारा स्वर्ण, हीरे, मोती माणिक
लाद कर
घड़ी की सुइयों के साथ
समय के द्वार पहुँचा
और समय से बोला
ले लो अपनी सुइयाँ
साथ ही अतुल्य स्वर्ण, रत्नादि
मैं अपना यौवन लेने आया हूँ
समय मुस्कुराया और बोला
ले जाओ!

मेरे यौवन ने मेरे द्वारा लाए गए
धन-धान्य को उपहास की
दृष्टि से देखते हुए कहा—
'क्या इसी को पाने के लिए
तुम सुइयों के बदले
मुझे गिरवी रख गए थे?
न रखते तो
मैं तुम्हें न जाने क्या

अप्रतिम देता।
अब मैं तुम्हारे साथ न जाऊँगा
मुझे मेरे पालनहार
समय के साथ ही रहना है'

इतना कह, मेरा यौवन
समय के साथ ही चला गया
और छोड़ गया अपने पीछे
श्वेत केशों का गुच्छा,
विभ्रमित मति, मोतियाबिन्द लिये आँखें
और शक्तिहीन काँपता शरीर!

# पिता

आकाशवाणी पर एक दिन
मैं अपना साक्षात्कार दे रहा था,
साक्षात्कार लेने वाली महिला ने कहा :
“आपकी आवाज़! कमाल! क्या दानेदार आवाज़!
आपसे बात करना ही एक अनुभव है”
मैंने मन में सोचा शायद इन्होंने मेरे पिता की आवाज़ सुनी ही नहीं है,
वरना ऐसा न कहतीं।

एक ध्वनि पुनः
स्त्री कंठ का तारत्व लिये :
“आप पुरुषोचित सौन्दर्य के स्वामी हैं”
मैंने सोचा
इस स्त्री ने भी
कदाचित् मेरे पिता को देखा ही नहीं है।

मुझे जब मेरे प्रोफेसर ने कहा कि
“क्या विश्लेषण करते हो विषय का”
मैंने फिर मन में सोचा
ये भी मेरे पिता से मिले ही नहीं हैं।

क्योंकि ये तीनों

मेरे पिता से मिल लेते तो
उन्हें लगता कि
आवाज़, सुन्दरता और विश्लेषण का चरम तो मेरे पिता हैं,
ये सभी घेर लेते उन्हें
और मैं फुटपाथ के किनारे छोटा सा बच्चा बन कर
मेरे पिता को इन सबका आदर्श बना देख,
अपनी छोटी सी छाती को
जितना फूल सकती फुलाता
क्योंकि
मुझे पता है
मैं, अपने पिता जो पूर्ण हैं, का मात्र अपभ्रंश हूँ
और गर्वित हूँ
कि मैं उनका अंश हूँ।

# कहो कैसी रही

बाजार में
गोली चली
साँय की आवाज
गोली मेरे कानों के बिल्कुल पास से गुजरी
फिर गोली चलने की आवाज भी आई

अफरा तफरी
मैंने देखा
गोली चलाने वाले को और उसे भी
जिसे गोली मारी गई

सायरन बजा
पुलिस आई
मैं निर्लिप्त देखता रहा सब
घर पहुँचा
चैन की नींद सोया

सुबह टीवी पर
हत्यारे का स्कैच जारी हुआ
और यह घोषणा भी, कि
चश्मदीद गवाह को एक लाख रुपए का नकद पुरस्कार

मैंने सोचा, मैं कोई धन का लोभी थोड़े ही हूँ!
मैंने हत्यारे को पहचाना ही नहीं,
कहो, कैसी रही!

## समर्पण

मैं कुँवारी नाव,
समुद्र के व्यक्तित्व से प्रभावित,
उसके धीर गम्भीर होने
उसके मर्यादा भंग न करने के पौरुष से प्रभावित
कामना करने लगी
उसकी प्रेमिका बनने की,
उसकी उत्ताल लहरों
से सम्मोहित मैं,
कि मुझे भी अपने बाहुपाश में कस ले
ये रत्नाकर।

सहसा
वायु ने मेरे कानों में
फुसफुसा कर कहा
भ्रम में न रहना ऐ तुम, तुच्छ नैया!
ये मैं ही हूँ जो
उत्ताल तरंगों को लाती हूँ किनारे पर
फ़ेन भी मैं ही बनाती हूँ
युगों से चल रहा है
मेरे प्रेमी समुद्र और मेरा ये अभिसार,
भ्राता चन्द्रमा के सहयोग से

ये मैं वायु ही तो हूँ
जो उद्वेलित करती है
मेरे धीर गम्भीर प्रेमी समुद्र को,
मैं सहम गई,
वायु से कहा
मैं सौत ही सही
तुम्हारी परन्
मुझे समुद्र से अलग न करो
वायु ने तीक्ष्ण दृष्टि से देखा मुझे,
कँपकँपाती मैं,
उसके भय से
समुद्र के आगोश में समा गई

मेरा प्रेम सम्पूर्ण हुआ
और
मेरे प्रेमी समुद्र को तो यह सब कुछ
ज्ञात भी नहीं।

# अन्धविश्वास

अन्धविश्वास, पूर्वाग्रह और वहम,
यदि इन तीनों को
अपनी मौत,
प्राकृतिक मौत मरने दिया जाए तो
इनकी आयु
बरसाती कीड़ों से अधिक नहीं होती,
चौबीस घंटों से भी कम

और यदि इन्हें
हृदय में पाल लो तो
आपसे ही पोषित ये
आपको तिल तिल गलाएँगे

मरेंगे तो सही
छोड़ भी देंगे आपका शरीर
पर
बिना आपके प्राण लिये नहीं।

# सद्गति

मुझे बताया मेरी माँ ने कि
श्राद्ध है आज
तुम्हारी दादी का
पुण्यात्मा को सम्पूर्ण आदर
के साथ
प्रणाम कर उनकी पसन्द
के व्यंजन बना
ब्राह्मणों को भोजन कराएँगे

तुम भी उनके पोते होने के नाते
सम्पूर्ण श्रद्धा के साथ
अपनी पत्नी अर्थात् मेरी बहू को
यह संस्कार हस्तान्तरित करना

परन्तु
मैं क्या करूँ?
मेरी माँ ने ही तो
मुझे बताया था कि उनकी सास ने
कितने अत्याचार किए थे उन पर
हमेशा
जब तक जीवित रही

बहू को अपना ही नहीं पाई
यहाँ तक कि
अपने बेटे-बहू के वंश विस्तारक बच्चों को भी
स्नेहपूर्वक अपना कह नहीं पाई

तो
उस स्त्री का श्रद्धापूर्वक श्राद्ध कैसे करूँ
मेरी दादी जिसका आज श्राद्ध है
मेरी माँ ने बताया, पर
विश्लेषण के बाद सोचता हूँ
यूँ तो नहीं कि
सारी सासें अपनी बहुओं पर युग धर्म अनुसार
अत्याचार करती ही हैं
ये कदाचित् परम्परा है
अत्याचारों का सिलसिला
अलग-अलग स्वरूपों में हमेशा ही जीवित रहने वाला है

तो इसी परम्परा को आगे बढ़ाने हेतु
मैं मेरी दादी का
सम्पूर्ण श्रद्धा के साथ श्राद्ध करूँगा
उनकी सद्‌गति की कामना के साथ
कि मेरी पत्नी भी इसी परम्परा को आगे बढ़ाते हुए
अपनीं बहुओं के साथ
युग धर्मानुसार
अत्याचार करेंगी
और करेंगी अपने पोते से
कामना उनकी परदादी का
श्रद्धापूर्वक श्राद्ध करने की।

# हलवा

मैंने
वैज्ञानिकों से प्रश्न किया
कि बताओ तो सही कि
जब स्टेनलेस स्टील लोहे से ही बनता है
तो
चुम्बक क्यों नहीं
खींच पाता उसे अपनी तरफ
चमक भी आ जाती है
जंग भी नहीं लगता

बताओ तो सही
लोहे का अपनी मिट्टी से
अलगाव कैसे सम्भव कर देते हो,
क्या चमत्कार भर देते हो इस स्टेनलेस स्टील में,

वैज्ञानिकों ने बताया
हम वही सब भर देते हैं इस धातु में
जो पाया है, जो सीखा है
टूटते परिवारों से
जो मूल्यों को धता बताते स्वयं को चमकाते हुए
दूर हो जाते हैं अपने चुम्बक से
अपने मूल से

मुझे याद आ गई लोहे की कढ़ाही
जब ईंट से उसे माँझते हुए
सारी कालिख दूर किया करते थे
मैं और मेरा भाई
और फिर उसी कढ़ाही में
मेरी माँ बनाती थी
देशी घी से सुवासित
लोहतत्त्व युक्त स्वादिष्ट हलवा।

तो आओ क्यों न
जंग लगी कढ़ाही को फिर से माँझे ईंट से और
माँ से करे गुहार, मनुहार
देशी घी का हलवा बनाने की।

# पराकाष्ठा

एक स्मित मुस्कान
शाश्वत!
टूटते तारे से माँगी हुई,
मेरी मन प्राण!

साँसों के स्पन्दन सी
सुबह के जंगल की खुशबू सी
कभी झरनों की कल कल सी
कभी ओस की बूँदों सी
कभी ठहरी नदी सी
कभी जल तरंग की आवृत्ति लिये मेरी मन प्राण
कभी आरोह कभी अवरोह
हौले हौले कदमों से बिना आहट के
मेरे प्रभामंडल को अपनी स्वर्णिम आभा से आलोकित करती
मेरी मन प्राण

स्वागत है,
आओ।
फुसफुसाओ मत।
ब्रह्मांड में मात्र मैं हूँ, तुम हो,
आओ सम्पूर्ण वेग और आवेग के साथ नाद करें

कि तुम ही तो हो जिसकी प्रतीक्षा थी,
इस मिलन की घोषणा करें
मिलन की ध्वनि बिखर जाए
दसों दिशाओं में।

नारद सारंगी बजाए
अश्विनीकुमार और रम्भा नृत्य करें
नटराज
स्वयं हर्षमिश्रित अश्रुओं से आशीर्वाद दें हमें,
कि हो जाए नृत्य
जहाँ ध्वनियाँ अपनी सीमा रेखा तोड़ दें,
लय, अपनी पराकाष्ठा भूल जाए
मेरे शिव, मेरे नीलकंठ
कह उठें
नृत्य करो! नृत्य करो!
मेरे प्रकृति और पुरुष! नृत्य करो!
नृत्य ही पृथ्वी है
नृत्य ही आकाश है
नृत्य ही अजर है
नृत्य ही अमर है
तो
ए स्मित मुस्कान
नृत्य करें
शिव की इच्छा पूरी करें
और हो जाएँ
पूर्णता को प्राप्त

क्योंकि मुझे

बाल सुलभ ज्ञान से पता है
तुम हो एक स्मित मुस्कान
शाश्वत
टूटते तारे से माँगी हुई
मेरी मन प्राण!

# लिख के रख लो

तुम कहते हो न,
कि हम हो गए उनके,
उनके रहेंगे,
पर क्या तुम्हें पता है?
तुम्हारे हृदय की धमनियों में
दौड़ता लहू,
तुम्हारी शिराओं से विद्रोह कर रहा है,
टपक! टपक! कि
तुम हमारे हो

शिराएँ,
प्राण वायु का प्रतिनिधित्व नहीं करतीं,
और धमनियाँ
प्राणवायु को उत्सर्जित कर
धड़काती हैं
तुम्हारे हृदय को
उद्वेलित करती हैं

महत्त्व शिराओं का भी उतना ही है वरन्
धमनी से नाता तोड़ोगे तो
अरबों कोशिकाएँ

मृत्यु को प्राप्त हो जाएँगी।
तुम्हें पता भी न चलेगा कि कब ऑक्सीजन का मास्क
निकल गया तुम्हारी नासिका से

धमनियाँ जो
शुद्ध रक्त स्वरूप है
स्वयमेव कभी न आएगी
जोड़ने तुमसे रक्ताभ नाता,
लिख के रख लो।

## संवाद

ये जो तुम,
कहती हो कि
संवाद ही नहीं हैं,
हमारे मध्य
तो इन रिश्तों
को ढोने का अर्थ क्या है

ये जो मैं कहता हूँ
संवाद से परे भी तो
हमारा तुम्हारा ब्रह्मांड है
आकाश गंगाओं से पटा
तुम कभी तो साथ आतीं
देखने इन
अतीन्द्रिय अनुभवों को
तो संवाद वाली
बात हो जाती
अर्थहीन,
भारहीन हम दोनों
विचरण करते
अन्तरिक्ष में

उस अन्तरिक्ष में
जो हम दोनों ने
खोज लिया था
शताब्दियों पूर्व।

# कदाचित् या अवश्य

बेटा
मेरा अंश,
अठारह का हुआ,
मेरे कद से ऊँचा निकल गया,
लगा,
ये हुई न कोई बात।
कितने सालों से उसे
ये सिखाता वह समझाता
ऊँच नीच, ये करो, ये मत करो।

बेटा गाड़ी में मेरे बाईं ओर बैठता,
मैं गाड़ी चलाता,
वो अठारह का हुआ।
हरि जाने क्या ज्ञानोदय हुआ उसे
कहा—पापा, गाड़ी में बाईं ओर बैठो।
अपनी वाहन चालन सिंहासन सीट से अपदस्थ मैं।

वाहन चक्र सँभाल लिया उसने
सख्त पिता गर्म रोटी पर लगे देसी घी की तरह पिघलता
बाईं अगली सीट पर बैठ गया।
बेटे ने ड्राइविंग सीट सँभाली और बोला,

पापा! डर नहीं लग रहा?
मैंने कहा–
बेटे, डर कैसा?
सड़क पर तो सौ प्रतिशत रिस्क है,
बच गए तो मन्दिर चलेंगे

और फिर पता है? हम मन्दिर गए।
मुझे लगा, इतने अभ्यास के पश्चात् भी
इतने सलीके से गाड़ी क्यों नहीं चला सका मैं कभी भी
और सहज सत्य समझ में आया
कि अपनी अगली पीढ़ी से किंचित् न्यून होते हैं हम
तभी तो विकास रथ
हस्तान्तरित होता है सदैव
कदाचित् या अवश्य!

# माँ

नाल
जो जन्म लेते ही
काटनी अवश्यम्भावी होती है
तो फिर कौन सा
रिमोट और कौन सा एन्टीना है
जो बाँधता है माँ-बच्चे को एक कालजयी बन्धन में
हमेशा के लिए?

क्या पयोधरों की शिराओं का दबाव?
नथुनों में गंध का तनाव?
सभी जीवों में एक सा

क्या पहेली है
क्या तर्क
शायद यह प्रश्न तर्क से परे है
अवक्तव्यम्!

तो बिना किसी कुतर्क के
प्रणाम करें
माँ को,
उसकी भावनाओं को

और उसके भाव विह्वल ममतामयी अश्रुधारों को,
जो आश्चर्यजनक रूप से
खारे नहीं, अपितु मधु से मीठे होते हैं।

# आह्वान है! गया कि प्रेत पहाड़ी पर

कदाचित्
हर पचास साठ वर्ष पश्चात्
एक उत्कर्ष अथवा विप्लव होता है प्रत्येक राष्ट्र में
विज्ञान, कला और शासन के विभिन्न रूपों में।
तदनुसार ही इस सप्तसिन्धु धरा की भी प्रगति,
पर शासन का रूप?
ऐसा विरोधाभास तो पूर्व में कभी नहीं रहा कि
अन्य कलाएँ शिखर छू रही हों,
और शासन करने की कला?

आह्वान है!
शासन करने के उन औजारों को नहीं होना चाहिए, ना, कदापि नहीं
जो संरक्षण दे, देशद्रोहियों को
और आदेशित करे अपराधियों को हम पर शासन करने को।
इस सभ्यता की पराकाष्ठा पर पहुँचे भारतवर्ष पर
न धर्म का
न जाति का
न वर्ग का
न आतंक का
न छद्म राजद्रोहियों का शासन हो वरन्
शासन हो मूल्यों का जो सँजोये हैं हमने

शतांब्दियों के अनुभवों से

तो हे! भारत के सामान्य जन
आह्वान है!
अंगद के पाँव सा,
अपने क्षुद्र हितों से
लिप्साओं से और जातिगत धर्मजन्य बन्धनों से मुक्त हो आ मिलें
मूल धारा में
जमे हुए दुर्गन्धयुक्त जल के स्थान पर बहता पानी निर्मल

आह्वान है!
वसुधैव कुटुम्बकम् का
और यह भी कि पाँच हजार वर्ष पूर्व के
अपने पूर्वजों की इच्छाओं
उनकी कामनाओं, उनकी आकांक्षाओं को पूरा करें
जिससे कि उनकी आत्माएँ जो सुशासन की आस में
इमली के पेड़ पर अब तक टँगी हुई हैं
मुक्त होकर सद्‌गति को प्राप्त हो जाएँ
गया की प्रेत पहाड़ी पर।

## नीलाथोथा दे दो

नीलाथोथा दे दो
जनमते ही इनको,
छद्‌म राजद्रोहियों को
शासनतंत्र का अपनी सहूलियतों
के लिए प्रयोग करने वालों को
और इन खरपतवारों को

इन आमाशयों को
जो भोजन को नहीं
अपितु स्वयं को खाने लग पड़े हैं
चयापचय में
अपना ही शरीर गलाने लग पड़े हैं

नीलाथोथा दे दो
इन दो मुँह वाले सारसों को
जो जुटे हैं एक दूसरे के मुँह में ज़हर देने को,
नीलाथोथा दे दो
इनको भी जो
इस सप्तसिन्धु प्रदेश को
प्राणपण से प्राणविहीन करने को तुले हैं

न मिले तो खोजो नीलाथोथा
इससे पहले कि ये
अपने प्रयत्न में सफल हो जाएँ,
और
लकड़बग्घे लामबन्द हो जाएँ
सप्तसिन्धु के शव को खाने को,
दे दो नीलाथोथा ।

# माचिस

जिज्ञासु ने मुझसे पूछा :
आग माचिस की तीली में होती है
या वहाँ, जहाँ रगड़ते हैं तीली को?

उसने फिर पूछा : आग
अलग-अलग उत्पन्न होती है या
प्रतिक्रिया करने पर
एक साथ?
मैंने प्रत्युत्तर दिया :
एक साथ, कि
तुम्हारा प्रश्न ही तुम्हारा उत्तर है।

जिज्ञासु फिर बोला :
हर पाँच वर्ष बाद
तीली को रगड़ता हूँ पट्टिका पर
मैंने तो आग देखी ही नहीं?
तुम्हीं बताओ ज्ञानी कि
कहाँ होती है आग?

मैं, न्यूज चैनलों के दिखाए मनोरंजन में खोया,
मौन ही रहा

उसने फिर कुहनी मारी
बताओ न!

मैंने कहा कि सीलन आ जाने पर नहीं जलती
किसी भी माचिस से आग
जिज्ञासु ने पूछा :
सीलन क्यों आ जाती है?
मैं बेचारा फास्टफूड खाने में व्यस्त
चिड़चिड़ा गया
क्या निरर्थक प्रश्न हैं?

पर जिज्ञासु अड़ गया
बताओ न क्यूँ सीलन आ जाती है
मुझे अगरबत्ती जलानी है
तो
मैं गम्भीर हो गया
और बोला :
क्यों परेशान कर रहे हो
कोई दूसरा प्रश्न पूछो
वो बोला :
आज की यही जिज्ञासा है
यही प्रश्न है
फिर तो मैंने भी
मुँह फोड़कर बोल ही दिया :
'आम जन से पूछो'
क्यों बारूद की मौसी
इस माचिस को डाल दिया है पानी में
और सीलन को मान लिया है अपना भाग्य

क्यों
बन्द कर दिए सारे वातायन
कि कहीं
शुष्क न हो जाए माचिस
और हो जाए प्रकाशित सब कुछ
पूछो-पूछो,
दरिद्र नारायण से

जिज्ञासु चुप हो गया इस प्रश्न पर
बोला : क्षमा!
अब कभी न पूछूँगा
आग और माचिस के बारे में
और
न ही पाँच सालाना जलसे के बारे में
और
कभी न सोचूँगा
अगरबत्ती जलाने के बारे में भी,
क्षमा–क्षमा–क्षमा!

# न जाने क्या मतलब निकाल ले कोई

मैं दो वर्ष पूर्व गोवा गया
साँझ का सूरज पश्चिम में डूब रहा
सागर तट पर अनोखा दृश्य
सूर्य रश्मियाँ
विभिन्न रंगों में,
विस्मित करती
उत्ताल तरंगें

कि
सागर तट से भूमि की ओर दृष्टिपात किया तो देखा
सुन्दर स्थापत्य, नयनाभिराम प्रकाशस्तम्भ,
पर हमारा निर्मित किया हुआ नहीं,
मन कसैला हो गया

अधिक प्रश्न मत पूछना
बुरा मत मानना
बस यूँ ही आया मन में
छह सौ साल पूर्व
क्यों नहीं की हमने तट की सुरक्षा
अपने स्थापत्य की सुरक्षा
क्षमा करना।

# अब ऐसा है तो है

पश्चिम में सूरज का ढलना
और पूर्व की साँझ में
चैन्नई का मरीना बीच
रंगों की बारात यदि नहीं देखी
है तो
मेरी आँखों से देखो
समन्दर का वायु से अठखेलियाँ करना
रूठना और मनाना
सम्मोहित, समन्दर के सौन्दर्य से
कि एक सुन्दर सी कविता लिखूँ
मंजर ही ऐसा था

कि
लुंगी पहने पीले दाँतों को निपोरते
एक कृशकाय व्यक्ति ने
विपणन की भाषा में पूछा
मूँगफली, गरम मूँगफली,
लो ना साहेब!
उसकी दीन भंगिमा से
अप्रभावित हुआ
मैं बोला,

नहीं,
नहीं चाहिए
क्योंकि अब कहोगे
कि
बच्चे भूखे हैं
खाना खिलाना है
घर पर चूल्हा जलाना है

मैंने फिर कहा
मुझे तुम्हारी
दीन भाषा के प्रभाव
में नहीं आना है
जाओ बाबा माफ करो

मैं बीच की रेत में एक किलोमीटर तक चला
थक गया
ड्राइवर को बोला ए.सी. चलाओ
ड्राइवर ने इंजन स्टार्ट किया
कि
वही व्यक्ति
मूँगफली बेचता आया
मेरी कार की
खिड़की का काँच खटखटाया
और बोला
आप सही कहते थे
बच्चे भी भूखे नहीं हैं
चूल्हा भी जल रहा है
घर पर साम्भर भी उबल रहा है

जब आपको पता ही है
तो आपसे क्या छुपाना
पैसे इसीलिए नहीं चाहिए कि
खाना खाना है
साहेब, सच बताऊँ,
समाज में सर उठाना है
चेरी के ठेकेदारों को भी सबक सिखाना है
जमाने के साथ जाना है
पैसा इसीलिए चाहिए कि
बच्चे को अंग्रेज़ी स्कूल में पढ़ाना है।

# झुग्गी वाले की कलम से आमची मुम्बई

चार चार छह छह करोड़ रुपए के
फ्लैटों वाले सेठ
फिलिम वाले
बिजनीस वाले
ट्रेडिंग वाले भी
पर खुद की अपनी छत तो किसी के पास भी नहीं है।

माले ही माले
बोलते हैं
पाँच हजार फीट का फ्लैट
तो बताओ
फ्लैट वालो!
तुम बारिश में भीगने का
मजा ले सकते क्या?
कुँवारी खारी हवा
जो समन्दर से उठती,
मौज कर सकते क्या?
एक आवाज मार के
भेल पुरी मँगा सकते क्या?

बिजली गायब हो तो

रुक गए, वहीं के वहीं,
सीढ़ियों से अठारहवें माले पर
चढ़ सकते क्या?

तो फिर तुम कैसे हुए अमीर
तुम्हारे पास तो सर छुपाने को अपनी मिल्कियत की
छत भी है नहीं,
हिसाब दर हिसाब,
किश्तें दर किश्तें,
फोड़ी है कभी दही-हाँडी
कभी देखा है आसमान में
रात को कैसे निकलती
बारात तारों की
और कैसे
सवारी निकलती है
रात भर नजारों की?

करोड़ रुपयों के फ्लैटों के मालिक
कितने गरीब हैं
क्योंकि छत तो
हम झुग्गी वालों को ही नसीब है।

# ताँबे के रंग के मनुष्य

नवीं क्लास में
विषय लेने थे नवीन
मैंने भी लिया इतिहास
और पढ़ा–
टामस रो ने मुगल बादशाह के समक्ष
कागजात प्रस्तुत किए
व्यापार की अनुमति हेतु

फिर लॉर्ड क्लाइव के साथ, भारत के आकाश पर,
काले तेजाबी बादलों का डेरा,
अंग्रेज ने भारतीयों का नया नाम रखा
'ताँबे के रंग के मनुष्य'

कालान्तर में लॉर्ड मैकाले के षड्यंत्र के साथ ही
ताँबे के रंग के मनुष्यों की हो गई तैयार बड़ी फौज़
अंग्रेजी की फौज़,
सत्रहवीं, अठारहवीं, उन्नीसवीं शताब्दी
इस फौज़ को अंग्रेजी तौर तरीके सिखाने में बीती,
और तो और 'जॉन बुल' के जाने के बाद भी
बीसवीं और इक्कीसवीं शताब्दी में भी
अंग्रेजी की वफादार फौज़

एक अरब लोगों से ज्यादा की ये फौज़
अंग्रेज की गुलामी से आज़ाद
हिन्द महासागर के
ऊपर स्थित प्रायः द्वीप
की फौज़,
अंग्रेजी की फौज़

आज मैं यहाँ आने वाले सभी अंग्रेज पर्यटकों को गर्व से मिलाता हूँ
कि देखिए हमारे यहाँ का प्रमुख पर्यटक आकर्षण
आपकी अपनी संस्कृति वालों से मिलिए
मेरे अपनों से
ताँबे के रंग के मनुष्यों की फौज़ के
अंग्रेजीदां फौज़ियों से।

## स्वामी! बुढ़ापे में क्यों छोड़ गए अकेला

वो नहीं है,
सत्तरवें बसन्त में छोड़ गए,
पत्थर रख लिया छाती पे,
प्राण यूँ ही तो नहीं निकलते,
'इनकी यादों के सेमल के तकिये'

और फिर,
बेटी के बहुत से संस्कारित,
उधारों को चुकाते हिचकोलों के साथ
पुनः पटरी पर आना...

पचास के दशक में,
पाँच कपड़ों और पाँच बर्तनों में विदा मैं आज
अपने बेटों की बहुओं को
मेरे दहेज के बर्तनों को बेचते देखकर
अपनी मृत्यु की कामना करती
कि हे प्रभु!
और क्या-क्या दिखाओगे?

फिर
अपनी ही प्रतिध्वनि

कि
सुबह के साढ़े सात बज गए हैं
नौ बजे
जब बेटे बहू उठेंगे,
तो
नाश्ता बना
बेटे को ऑफिस भेजना,
और
दस बजे
बहू के लिए
हरी पत्ती वाली चाय बनाना!

स्वामी!
अब तो ले जाओ
या तुम्हारी अवज्ञा, जो अनजाने में कभी की होगी,
कितने साल की बाकी है
ये सजा तो बता जाओ।

# आँसू ऐसे भी पिए हैं

मैं तड़के
खेत पर पहुँचा
पाँच छह मनुष्य खेत की बाड़ को
लाँघ कर भागते हुए,
खेत पर श्मशान सा दृश्य

मेरे सहेजे आँवले, आम, नीम के
वृक्षों के तने भूमि पर पड़े हुए
वृक्षों के दोनों सिरे कटे हुए
लोहे की आरियाँ भी पड़ी हुईं
मैं हतप्रभ सा
इधर से उधर
समझ आ गया सारा माजरा
काट दिए गए सारे वृक्ष
जाने किस प्रलोभन में

मैं एक कोने में घुटनों के मध्य
सिर को झुकाए हुए
एक शिशु नीम के पौधे के पास धम्म से बैठ गया

शिशु नीम का पौधा मुझे देख

द्रवित सा लिपट गया मुझसे
क्रन्दन करते बोला
सारी रात चला ये संहार
मैंने अश्रुओं से भीगे नेत्रों के साथ
नीम शिशु पौधे को
अपने बाहुपाश में सुरक्षित किया तो
वह तनिक श्वास लेता सा फिर बोला
हम पेड़-पौधों को पैर क्यों नहीं दिए भगवान ने
कि आदमियों को देखते ही
भाग जाते हम
या फिर
जड़ें दे देता मनुष्यों को भगवान
कि हिल ही नहीं सकते वे
और न
लौह यंत्रों की धार बना
काट सकते
मेरी नीम वृक्ष माँ को

मैं, काठ मार गया सा जड़वत,
उस नीम शिशु पौधे की
वृक्ष माँ के बचे हुए
लट्ठे को, उसके तने को,
काँधे पर उठा ले आया
नीम शिशु पौधा हठात् सा
मुझे अपनी कोमल पत्तियों से
सहलाता बोला
मेरी वृक्ष माँ के तने को जलाना मत
मेरे पास ही गाड़ दो इसे,

सुबक सुबक रोने से
तो अच्छा है ना
माँ के पास ही सो जाना,
और दूसरे दिन
नीम शिशु पौधे के पत्ते भी पीले पड़ गए,

बिन माँ की छाँव के भी कहीं शिशु जिए हैं
मैं दहाड़ मार कर रोया
पर आँखें सूखी ही रहीं
सोचा आपको कभी बताऊँगा कि
मैंने आँसू ऐसे भी पिए हैं।

# सहस्र वर्ष बतलाए मैंने पर न मुझे अब जीवित रहना

राजस्थान में बूँदी के पास
एक ऐतिहासिक स्थल
भीमलत झरना
कहते हैं महाभारत काल में
भीम की लात से
यह झरना प्रवाहित हुआ।
मुझे जल अतिप्रिय
जल आवेग तो अत्यन्त प्रिय

मैंने जल कुंड में
लगाई छलाँग
और मस्तक टकराया
कदाचित एक चट्टान से

देखा एक पुरुष
शिरस्त्राण धारित
लक्ष्य कर मुझे बोला
'कितनी प्रतीक्षा के पश्चात्
आए हो, कहाँ थे?'

मैं जैसे तैसे बोला
यहीं तो था आपके पास
'मेरे पास होते तो अब तक
जीवित रहते क्या?
तुम हो शायद
चालीस पचास वर्ष के'
मैंने स्वीकारोक्ति में
सिर हिलाया

उस पुरुष ने कहा
'हूँ मैं सहस्र वर्ष का और
ब्रह्मा के वरदान के पश्चात्
जिजीविषा भी थी
करोड़ों वर्ष जीने की
पर लगता है
तुम्हारे साथ ही मृत्यु
को वरण करूँगा–'

मैंने उस वय लिये
पुरुष को पूछा–कौन हो तुम?
वो बोला
'तुम्हें याद दिलाऊँ
सन् ग्यारह सौ छह में यवनों के साथ
युद्ध में बलि चढ़ गए थे तुम
और मैं जीवित रहा
ब्रह्मा के वरदान से'

उसने कहा

'इस आर्यावर्त में
सप्तसिन्धु प्रदेश में
नर्मदा के ऊपर
नर्मदा के नीचे
सब देखा
अत्याचार, हाहाकार
फिर मिटना, सहेजना
पुनर्निर्माण
आस्थाएँ
आर्तनाद
सब देखा,
विश्वास, विकास,
यवनों के किए क्रूर भग्नावशेष
गहरे घाव,
शत्रु के समक्ष नतमस्तक होने की होड़
जयचन्दों की दौड़,

मैं फिर भी अड़ा,
घायल हुआ,
पर मरने की कामना न की
लगा अभी बहुत दम है बाकी
मेरे स्वजन, मेरे पड़ोसी कोई काम न आए कि,
मुगल आ गए
कहते हैं इतिहासकार
कि अच्छा शासन किया उन्होंने
पर
मैं तो घाव पर घाव
खाता ही रहा

मृत्यु की फिर भी कामना न की
कि
प्रताप और शिवाजी के रूप में
फिर लोहा लूँगा।
लिया।'

मैंने कहा उस सहस्र वर्ष के पुरुष को
'नींद आ रही है
बहुत बोर कहानी है तुम्हारी'
उसने कहा—'सुनो तो
मैंने चार सौ
वर्ष पूर्व भी तुम्हारे जैसे
को सुनाई थी ये कहानी
और सो गया था वो
तुम्हारी तरह
इसी लिए
आ गए अंग्रेज,
लगा जैसे
छाती पर
पहले साँड ने पाँव धरा
फिर हाथी ने
अटक गई साँस
पर
मैं फिर भी जीवित रहा
इस आस में कि
प्रयत्न कर दोनों पाँवों को सीने से हटा दूँगा—

प्रयत्न की छटपटाहट

और सीने के घावों में
राममोहन, दयानन्द, गंगाधर तिलक,
लाजपत, भगत, चन्द्रशेखर
जैसी औषधियाँ लगाईं,
गांधी की मरहम पट्टी भी,
अचानक अगस्त सैंतालीस में
पता लगा कि
अब छोड़ गए अंग्रेज

मैं अत्यन्त प्रसन्न कि
पुनः मेरे सप्तसिन्धु प्रदेश में
प्राण वायु सिंचित होगी
हालाँकि दो कटे हाथों के साथ!

फिर प्रजातन्त्र।
पन्द्रह अगस्त
छब्बीस जनवरी
नए त्यौहार!
जैसे तैसे निकले तुम्हारी प्रतीक्षा में साठ साल
पिछले एक सहस्र वर्ष को
झुठलाते से,

पर ये कैसा सन्निपात
आज सन् दो हजार आठ,
कई जातियों, सम्प्रदायों,
वर्गों, विभेदों, पंथों में अपने बँटवारे का गर्व अनुभव करते
दिशाहीन हम
चालीस हजार फीट की

ऊँचाई से गिरते
छेदवाले पैराशूट
की तरह
एक दूसरे में छिद्र देखते
मस्तक के बल गिरते
मेरे भारतवासी,

एक सहस्र वर्षों में
बचाया स्वयं को,
किंचित संस्कृति को, पर
अब आत्मघाती ये सब
मानव बम बने
स्वयं को
मात्र नष्ट करने को उतारू,

इसीलिए करोड़ वर्ष की जिजीविषा
को त्याग मैं
पूर्व के सहस्र वर्ष का साक्षी
अब भीष्म समान मृत्यु की
कामना कर रहा,
सहस्र वर्ष बतलाए मैंने
पर न मुझे अब जीवित रहना।'

# तेरे मुँह में घी शक्कर

आइए सुन्दर कल्पना के पंख लगाएँ
हालाँकि
सुन्दर कल्पना के पंख लगाना
अब
दुरूह हो चुका है

परन्तु अतिरंजित महिमामय राजनीति,
प्रायोजित मीडिया,
विपणन के असीमित ज्ञान के अपच से परिमार्जित नौकरशाही,
और आपराधिक मानवाधिकार की नवोदित अमरबेलों की
तीक्ष्ण दृष्टि और रक्त रंजित पंजों की छद्म निगाहों से बचते हुए,
सुन्दर कल्पना के पंख लगाएँ।

कि ओ हो!
हमारे देश में सब जगह कानून का राज है,
जिसकी जो भूमि है उसी का कब्जा है, रहेगा,
बेटी को ससुराल में कष्ट नहीं है
वृद्ध माँ बाप की, उन्हीं की सन्तान सेवा कर रही है,
किसी भी हफ्ते, किसी को हफ्ता नहीं देना है,
बच्चे स्कूल से सुरक्षित घर आ रहे हैं,
सरकार बदलते ही रसोई गैस की किल्लत नहीं आ रही है,
पेट्रोल के भाव पहुँच में हैं

चौबीस घंटे बिजली आ रही है,
दो किलोमीटर दूर पार्किंग नहीं करनी पड़ रही है।
समय पर बारिश हो रही है,
ग्लोबलवार्मिंग थम गई है
अलनिनों प्रभाव मिथक था,
ओजोन परत का छेद भर दिया गया है,
सब अपनी-अपनी सीमाओं से सन्तुष्ट हैं,
बारूद नाम का तत्त्व मिट्टी बन अप्रभावी हो गया है
सभी युद्धक विमानों को लकवा मार गया है
और सभी धर्मों की आस्थाएँ दूसरे धर्मों से ईर्ष्या किए बिना
अपनी सुगन्ध से
मानव नाम के अधम जीव को सुवासित कर रही हैं।

आइए, सुन्दर कल्पना के पंख लगाएँ
कल्पना के ये सतरंगी पंख
अगर वास्तविकता में बदल जाए तो
हे मेरे निराकार, शुद्ध चैतन्यस्वरूप अलौकिक ईश्वर!
तेरे मुँह में घी-शक्कर।

# मेट्रो स्त्री

वहीं रोज़
घर से काम पर
ये सुनना, वो करना
ये सहना, वो बहस करना
एम्पलोयर की उन्नति के
सारे सम्भव उपाय करना,
और फिर बॉस की दिनभर बदलती
भंगिमाओं को
समझने की चेष्टा करना
और असफल रहना
जीवन में कुछ बचा ही नहीं है

दफ्तर के बाद जो भी उपलब्ध हुआ
यातायात के साधन के साथ
हाँफते हुए घर पहुँचना
ताकते बच्चों के साथ
खिसियानी हँसी हँसना
और उनके पापा की प्रतीक्षा,
फिर
गर्म खाने के साथ फिर प्रतीक्षा

‘उनके’ पता नहीं कब आने पर
खुद का ‘बिछौना’ बनाना।
जीवन में शायद कुछ बचा ही नहीं है!

# पुराने टायर

छान पर साइकल के पुराने टायर
जैसे यादें।
जो समय के आगे ले जाती न पीछे
रुकी हुई यादें
फिर भी प्रिय
लोगों ने बहुत कहा–
बेकार टायर फेंक दो, निजात पा लो
मैंने उन लोगों की ओर देखा
और सोचा टायर फेंक दूँगा तो
ये सभी भी तो बाहर हो जाएँगे
मेरी यादों के दायरे से, मेरे एकाकीपन के साथी।

# तनाव चाहिए ही चाहिए

चिकित्सकों ने कैसा
गढ़ दिया ये शब्द
'तनाव'
जैसे यह चिर शत्रु हो हमारे
स्वास्थ्य का
भ्रमित कर दिया
कोलम्बस की खोज से
लेकर चीन की दीवार तक सम्पूर्ण विश्व को

पर किंचित सोचें
तनाव न होगा तो
कैसे सुर जागृत होंगे सितार में,
तनाव न होगा डोर में तो
कैसे पतंग उड़ेगी आसमान में
तनाव न होगा तारों में तो
कैसे होगी प्रवाहित विद्युत्
तनाव न होगा मोटर चालित पट्टों में
तो कैसे जीवित रहेंगे उद्योग

तनाव नहीं होगा
कैनवास में तो कैसे रंग भरेंगे चित्रकार

और यदि तनाव नहीं होगा
तो चलेगी कैसे सृष्टि
और
जिज्ञासा का तनाव नहीं होगा तो
कैसे विश्लेषण कर पाएगी पदार्थों का हमारी दृष्टि
प्रत्यंचा के तनाव से ही तो तीर भेदता है लक्ष्य को
ढील नहीं, 'तनाव'
तनाव चाहिए ही चाहिए।

# सदन में विचार करेंगे क्या?

ग्लोबलाइजेशन के
इस युगान्तर में
अनचाही सौतन के
बच्चे की तरह की
कुछ चीजें चाहे,
वित्त विश्लेषकों की
दृष्टि में
फायदेमन्द ही लगें
नहीं अपनाएँ तो कदाचित
अच्छा रहे, परिवार के लिए।
सदन में विचार करेंगे क्या?

# यायावर

बहुत पुरानी नहीं
पचासेक वर्ष पहले की बात है
गाँव स्वावलम्बी थे
सारी आवश्यकताएँ
गाँव में चालित उद्योगों और
उद्यमों से पूरित होती थीं
लोहा और नमक
मात्र ये दो ही चीज़ें
बाहर से आती थीं

क्योंकि
गाँव की मिट्‌टी से ही
बर्तन बनाए जाते,
गाँव के चमड़े से ही
मशक, चड़स और जूते
गाँव के पशुओं से ही
दूध, दही, ऊर्जावान घी

गाँव की यौवनाएँ और
उनके दूल्हों की
बारात का स्वागत करने को आतुर

गाँव के नौजवान
एक गाँव से दूसरे गाँव की
सेतु
पगडंडियाँ,
उन पगडंडियों में
प्रेम के बिखरे पराग

पर अब न जाने
कैसी चली बयार कि
गाँव में तो कुछ होना ही
बन्द हो गया
बर्तन बाहर से
सब्जियाँ तक बाहर से
प्रेम की बयार और
गुहार भी बाहर से।

मन करता है कि
बचे खुचे बंजारों के साथ ही
उनके सामान वाहक
गधों का साथी बन,
स्वयं भी ढोऊँ उनका लाया हुआ
नमक और लोहा
और साथ हो जाऊँ उनके
बन कर यायावर

रिरियाऊँ उनसे कि
पुराने स्थापित मूल्यों की तरह
उठा लो अपना डेरा डंगर

और मुझे भी साथ ले चलो
अपनी न छोड़ी जा सकने वाली
किसी प्रथा की तरह।

# प्रेम

सुन्दर से ढाई अक्षर
जो कबीर ने भी परिभाषित किए,
मैंने भी पढ़े
पंडित हुआ या नहीं
परन्तु
यह अवश्य जानता हूँ
कि
सम्पूर्ण समर्पण
कोई तर्क वितर्क नहीं
कोई प्रश्न नहीं
न कोई विश्लेषण
न कोई परीक्षा न आघात, न निर्वात,
न अपेक्षा, न उपेक्षा, मात्र स्वीकार,
न हलाहल पीना न पिलाना
न ईर्ष्या, न द्वेष, मात्र समर्पण
ईश्वर का दिया हुआ सर्वोच्च पुरस्कार
तो आभार करें हम उस सर्वोच्च प्रकाश बिन्दु का
कि हमें उसने यह दिया उपहार
आश्चर्यजनक
जो माँ से मिला उसके अपने अंश को,
पति से अपनी पत्नी को

और प्रेमी से उसकी प्रेमिका को
ईश्वर से मिला अपने अनुयायियों को।
प्रेम!
ढाई आखर का
प्रेम!

# अपेक्षा

सब्जी की गठरी,
चारे की गठरी,
पति के लिए खेत पर पहुँचाने को
चार बाजरे की रोटियों की गठरी।

स्त्री!
परिवार के साथ
कन्धे से कन्धा मिलाते
गृहस्थी की गाड़ी को
अपनी गर्दन के सन्तुलन
के साथ खींचती।

क्या न रखे?
पुरुष से भी किंचित् सन्तुलन की अपेक्षा!

# जाने कहाँ चली गई

मेरे मित्र
जो पिचहत्तर वर्ष के हैं
उनकी अर्द्धांगिनी का निधन हुआ
मैं शोकग्रस्त उन्हें सान्त्वना देने पहुँचा
उनके पास ही तीन दिन ठहरा
और ठहर गया समय
मैं विचलित
मेरे मित्र स्थितप्रज्ञ होने का भ्रम पालते से
मैंने उनके काँधे पर हाथ रखा तो
शान्त स्वर में दिवंगत पत्नी के प्रति किंचित् शिकायत करते से बोले–
"मोबाइल भी यहीं छोड़ गई
नया नम्बर भी नहीं बता गई
बात कैसे करूँ
अपना ई-मेल एड्रेस भी तो नहीं छोड़ा,

बस कानों में मेरे नाम का बार-बार
पुकारने का विभ्रम होता है
उसकी आवाज़ सुनते ही
जब मैं उस दिशा में देखता हूँ
तो प्रतीत होता है
जैसे वायु को वह अपने सुर दे गई हो

और कह गई हो
'इन्हें मेरी आवाज़ दिन में कई
बार सुनाना
मेरी आवाज़ सुने बिना
बेचैन हो जाते हैं ये।'

अक्सर
कभी पलँग पर
कभी खिड़की के पास
कभी भोजन की टेबल पर
कभी रसोई में
आकृति नजर आती है उसकी
मेरी सबसे प्रिय साड़ी पहने
कानों में सजाए विवाह की वर्षगाँठ पर
दिए गए कर्णफूल,
हर समय उसके समीप होने
का आभास,
मात्र आभास,
न जाने कहाँ चली गई।

सबने ढाढस बँधाया
युगों से चली आने वाली त्रासदी बताया
समय के साथ सब ठीक हो जाने
की बात की
पर मेरा तो एक ही जीवन है
यही मेरा युग है
कहती थी

स्त्री बाद में भी सब सह लेती है,
पुरुष टूट जाता है
तो फिर पहले क्यूँ चली गई

कन्धे से कन्धा मिला
ईंट से अट्टालिका तक निर्माण के
पाँच दशकों की सहचरी
और अब मात्र उसकी
स्मृतियों का दीपक
हवाएँ बहुत तेज चल रही हैं
दोनों हथेलियों में थाम रखी है
लौ,
लौ फड़फड़ाती है
भय होता है कि मुझे झपकी न आ जाए
और हथेलियाँ दीये की लौ से हट न जाए
हवाएँ बहुत तेज चल रही हैं

मैंने
उसके प्रति बहुत से
अपराध किए होंगे
और उसने सदैव ही क्षमा भी किया था,
मेरे तनिक भी दुखी होने
तनाव में होने अथवा
व्याधिग्रस्त होने पर
सब कुछ भूल वो इसी
यत्न-प्रयत्न में लग जाती थी कि
मैं स्वस्थ हो जाऊँ
आज तन-मन दोनों

व्याधिग्रस्त हैं और वो
मुझे छोड़कर चली गई।

क्या ऐसा अक्षम्य अपराध
हुआ है मुझसे
कि स्वप्न में भी नहीं आती
इस आशंका के साथ
कि मैं कहीं उससे संवाद न कर लूँ
और उससे
नया ई-मेल एड्रेस
और नया मोबाइल नम्बर
न माँग लूँ।"

# क्यूँ

क्यूँ करते हैं हम
एक दूसरे के मरने की कामना
कि हम ही जीवित रहें
हम तो बिना इस कामना के वैसे भी तो जीवित रह सकते हैं

क्यों कुछ भी ढहाएँ
क्यों बारूद दहलाएँ
स्वेज नहर के इस पार या उस पार
क्यों करें संहार
क्यों बनाना चाहते हैं
एक दूसरे को अपने धर्म का गुलाम
हम वैसे भी तो जीवित रह सकते हैं।

क्यों चाहते हैं एक मुल्क का दूसरे पर अधिकार
क्यों चाहते हैं हम कि बिल्कुल
हमारी जीवन पद्धति अपनाएँ दूसरे भी
क्यों चाहते हम कि दूसरे भी
हमारी तरह ही सोचें
जबकि हम वैसे भी तो जीवित रह सकते हैं

हम ये क्यूँ नहीं चाहते हैं कि दूसरे भी

अपने परों से उड़ान भरें
और तलाशें उस प्रकाश को
जो शायद कम दिया है हमें उसने
और हम भी देख सकें उस सम्पूर्ण प्रकाश स्वरूप को
उसके नूर को
जिससे हम सभी
जीवित रहें
एक साथ
हँसते हुए, गाते हुए।

# कदाचित्

कल शाम वहाँ दूर
झील के कोने पर
किनारे की रेत पर बैठ

स्वयं से मिलने का प्रतीक्षित प्रयत्न करने लगा
इसी प्रयत्न में
जुगाली करते हुए बीते समय की
रेत की प्रतिमाएँ उत्कीर्ण करने लगा
कितने जतन से सीखा था
रेत की प्रतिमाएँ बनाना,
हवा के तेज झोंके से प्रतिमाएँ लुप्त होने लगीं,
मैं फिर बनाता वे भुरभुरी हो
लुप्त हो जातीं
मुझे रोना आ गया
उल्टे पैरों घर लौट आया

देखा, मेरा बेटा आँगन में
साबुन के बुलबुले उड़ाता फिर रहा है
बुलबुलों को मुट्ठी में बन्द करने के प्रयत्न में।
बुलबुले थे कि हाथ ही न आते
विलीन हो जाते हवा में

बेटा उदास हो गया
मुझे हँसी आ गई

रोना और हँसना एक सी चीज़ें होती हैं,
रोने और हँसने में
अन्तर सिर्फ रेत की प्रतिमाएँ और बुलबुलों के टिके रहने जितना ही है
कदाचित्।

# थी एक पीढ़ी

थी एक पीढ़ी
कलम के चितेरों की
साहित्यकारों की
जो अनुभूति को उकेरने हेतु
व्यवस्था से छेनी को पाने के लिए
अपना लहू गिरवी रखते थे

और ठगे से भी रह जाते
जब व्यवस्था के अंग
आक्टोपस की अष्ट भुजाओं की तरह
जकड़ने का प्रयत्न करते उनकी ग्रीवा को

परन्तु फिर भी न मालूम किस शक्ति के
वशीभूत हो वे स्वतंत्र हो मुखरित हो जाते थे
न प्राण देते न प्राण लेते
हौले से सरका देते
अष्ट भुजाओं की अय्यारी को अपनी अगली पीढ़ी को

उस पीढ़ी को
जिसमें उत्पन्न हुए हैं मैं और आप
जन्मजात ही छेनी लिये हुए।

# कभी तो मदनोत्सव मनाओ न!

कार्पोरेट जगत की
गलाकाट प्रतियोगिताओं में उलझे
ओ! मेरे सात फेरों के स्वामी!
मेरे मंगलसूत्र के धनी!

कभी तो दृष्टिपात करो
किंचित् मेरी ओर भी
देखो न!
'पंख तो हैं नहीं
फिर क्यूँ लगता है कि
मैं उड़ रही हूँ'?

तितलियाँ तो है नहीं आस-पास
तो क्यों लगता है कि
ये किलोल कर रही हैं
मेरी कटि के समीप!

क्यों लावा उगला सा लग रहा है
मेरे कर्ण पट के समीप,
अधरों पर जैसे
मधु बूँदें उग आई हैं,

नाभि कन्दरा में जैसे
मनमोहक आवृत्तियाँ ही आवृत्तियाँ

तो आओ न मेरे समीप
आओ न!
मेरे भाल पर सज जाओ न!

इन बहुराष्ट्रीय कम्पनियों के
पैकेज तनाव से मुक्त हो,
अपने पौरुष से खोज कर अपना शेष विश्व,
कभी तो मनाओ न
मदनोत्सव।
कभी तो मदनोत्सव मनाओ न!

●●●